LE TRIOMPHE

DE

ROCHEFORT

!!!!!!

PARIS. — TYPOGRAPHIE RENOU ET MAULDE, RUE DE RIVOLI, 144.

LE TRIOMPHE

DE

ROCHEFORT

!!!!!

PARIS

CHEZ TOUS LES LIBRAIRES

1869

LE TRIOMPHE

DE

ROCHEFORT

Vive Rochefort!!

Vivent les Irréconciliables!

A bas le Gouvernement!

A bas les Modérés!

Vive la Révolution!

Vive le Socialisme!

A bas l'Armée et la Police!

A bas le Capital!

Voilà les principes qui ont triomphé, avec Rochefort, dans la 1re circonscription de la première ville du monde.

Ils étaient 47,000, dont 13,000 lâches et 18,000 fous.

Je dis 13,000 lâches, car ceux qui n'ont pas voté, en ayant le droit et par conséquent le devoir, ont commis une lâcheté.

Quand comprendra-t-on que le vote doit être obligatoire comme l'impôt, et que l'on n'a pas le droit d'être le citoyen d'un pays sans en remplir toutes les obligations.

Ainsi donc, 18,000 citoyens font la loi à 47,000. Voilà qui est certain et on ne peut plus légal. La minorité active, ardente, passionnée, enrégimentée, est devenue majorité à l'heure décisive, et l'insulteur rouge est monté sur le pavois.

Bravo! Vive Rochefort et ses 18,000 clients! A bas les pleutres qui se sont cachés pendant ces jours de luttes.

Mais, calmons-nous. Ménageons nos poumons; modérons notre enthousiasme; ne dépensons pas toute notre curiosité. Nous allons en voir bien d'autres! Tout ce qui s'est passé jusqu'à présent n'est qu'un prélude. L'Empire, en proie aux hésitations, s'est acculé sur l'armée; le révolutionnaire bestial est sorti de sa bauge et a choisi son champion; la France, la grande France entoure la lice et va juger des coups.

Dans ce combat burlesque et dramatique, dans ce *Jugement de Dieu* entre le chien de Montargis et le....., va se décider le sort de la patrie.

Serons-nous rossés par la plèbe ou par la police ?

Agréable dilemme !

Allons ! Messieurs les combattants ! vous voilà en présence ; la gent moutonnière vous regarde, et sa laine appartient au vainqueur ! Qu'elle vous suffise, au moins.

En place ! en place ! bourgeois, philosophes, penseurs, capitalistes, rêveurs, utopistes, rentiers, égoistes et philanthropes, la séance va commencer !

Calculons les chances des adversaires, c'est le seul loisir qui nous reste, puisque nous, qui devrions gouverner, n'avons su ni nous entendre ni nous défendre.

L'Empire a les chassepots et les mitrailleuses ; pour les manœuvrer, trois cent mille hommes, dont trente mille mamelouks ; pour commander, celui qui a survécu à Maximilien et celui qui a brûlé le palais du Chinois ; pour état-major, la phalange vieillie et réduite du 2 décembre.

La Révolution a les déclassés, et, parmi les prolétaires, les ignorants fanatisés.

D'un côté, le budget, les places, les honneurs, la confiance dans la force disciplinée, la ferme volonté de garder ce que l'on a bien ou mal acquis ; de l'autre, la misère morale ou matérielle, souvent les deux réunies ; un appétit féroce, un désir immense de se procurer tout ce que l'on voit dans l'autre camp.

Voilà ce que l'on peut appeler le fond du jeu.

A la surface et sur le front de bandière, l'Empire écrit sur son drapeau : *Ordre*, et la Révolution inscrit : *Liberté* ; ce dernier détail de mise en scène est à notre adresse. C'est pour nous, les spectateurs, c'est pour nous, *les Français*, afin que nous restions bien tranquilles pendant que nos sauveurs vont faire nos affaires et les leurs.

Les paris sont ouverts, et, à vrai dire, la partie est égale. Si l'assiégé est redoutable, l'assaillant est audacieux, et il a pour lui l'avantage de toute force qui marche sur celle qui est immobile ; vaincue une fois, dix fois, cent fois, elle se disperse et se cache pour se reformer encore et toujours, jusqu'à l'heure où, par surprise, elle s'empare d'une poterne et pénètre dans la place.

La troupe assiégée s'enfuit alors, non sans emporter quelques bribes de ses trésors ; mais elle laisse à l'ennemi M. Prudhomme en otage, le vainqueur se rattrapera sur lui.

Ici, quelqu'un m'arrête : « Qu'appelez-vous un déclassé ? » me dit-il. Je lui réponds par un exemple.

Le prince qu'un hasard de parenté porte, après quarante ans d'obscurité, sur les marches d'un trône ; qui, tour à tour militaire et administrateur, n'a su briller nulle part ; qu'une inquiétude inexplicable fait constamment voyager sans but comme sans utilité, ce prince, parasite d'un trône qu'il n'a pas contribué à édifier, est un déclassé.

Il y a des déclassés à tous les degrés de l'échelle sociale : les ambitieux sans patience, les orgueilleux sans capacités, les vaincus aux examens, ces portes honorables de la vie, les viveurs sans fortune ou l'ayant mangée, les étudiants pour rire, les avocats sans causes, les journalistes sans journaux, etc.; enfin, tout un peuple de têtes creuses, aux mains oisives, furieux de n'être rien, incapable d'être quelque chose.

A quoi pensent ces gens-là ? Ils songent nuit et jour aux biens de la terre, et se concertent pour *faire un coup,* comme ils disent.

Un beau matin, ils sautent à la gorge de la société, la dévalisent, et se vautrent dans toutes les ivresses. Vienne le réveil : le plus grand nombre redescend la colline, et rentre dans l'obscurité ; les habiles restent sur les sommets et vivent tranquillement du fruit de leurs rapines, à l'ombre d'un nouveau drapeau et d'un nouveau serment.

Seuls au milieu de la ruche, ces frelons seraient impuissants à nuire, et voilà la cause de leur alliance avec le prolétaire.

Disséminés dans la province, concentrés dans la capitale, ils irritent sans trêve les passions brutales du pauvre et de l'ignorant. Ils sont à l'affût de tous les malheurs nationaux, de toutes les misères individuelles, et, réunissant en une masse informe, effrayante et immonde, toutes ces fureurs, ils lancent ce projectile sur la civilisation.

C'est sur l'enveloppe du monstre qu'ils ont collé l'étiquette Rochefort.

Pauvre garçon! il vaut mieux qu'eux et il valait mieux que cela.

Aimable batifoleur, il nous amusait tous. Brave, gai, spirituel, il personnifiait nos qualités héréditaires, celles qui de tout temps nous faisaient pardonner nos défauts.

Un beau soir d'été, je ne sais quelle mouche venimeuse le piqua et lui inocula l'amer poison. De polémiste il se fit pamphlétaire, et pansa les blessures de l'exil avec du baume de goujat. Le voilà devenu enseigne; fresque grimaçante, il parade sur la devanture de la boutique. Il joue les Brésiliens; seulement il n'effraie pas plus que Brasseur, et il est moins drôle.

La morale de son élection peut s'appeler : Condamnation du Suffrage universel direct.

Voilà le grand mot lâché. Oui, le suffrage universel direct est la mort de la véritable liberté.

Vous tous ! hommes d'État, hommes de partis, orateurs , écrivains , penseurs , vous êtes convaincus de cette vérité, mais la disant vous compromettriez votre popularité, vous perdriez votre clientèle, vos suffrages, vos positions acquises au prix de tant de labeurs ou de courbettes, et vous laissez la vérité à demi noyée dans son puits.

Oui, vous le savez, le suffrage universel direct n'a que deux issues, le césarisme ou la démagogie ; si vous n'en êtes pas absolument convaincus, vous vous en doutez, mais vous tremblez devant l'hydre aux cent têtes et vous remettez aux heures décevantes de la vieillesse l'étude de cette question vitale pour la patrie.

Vous n'ignorez pas que disséminant les masses sur une vaste surface électorale, elles ne peuvent ni se connaître ni se reconnaître ; que les individualités sont noyées dans la pluralité ; que la voix est étouffée par le bruit ; que cette multitude ne sait pas choisir, et que forcément elle s'enrégimente et se livre aux coalitions, aujourd'hui à la bande administrative, demain à la société des hurleurs.

Bonaparte le savait en Brumaire, lorsque Sieyès, le

penseur, lui proposait le suffrage universel à plusieurs degrés ; aussi brisa-t-il l'œuvre sans vouloir affronter l'expérience, et pendant quinze années il régna en Louis XIV. Les vainqueurs de 1848 le savaient aussi, lorsqu'ils rétablirent le suffrage universel direct, et qu'ils bravèrent les répugnances des intelligents par la pression de la multitude ignorante.

Que fit l'Empire ? Il profita des fautes commises et refit Brumaire II dans les mêmes conditions que Brumaire Ier.

Et voilà, le 2 décembre prochain, dix-huit années que nous jouissons du doux régime ! Des générations entières passent, et à part quelques nécessiteux, quelques paperassiers, fils de leurs pères, préfets comme eux, policiers ou spadassins comme eux, personne ne s'enrôle sous la bannière de nos sauveurs. Les poètes, les orateurs, les philosophes, les grands économistes, les peintres, les hommes d'État meurent et ne sont pas remplacés. L'art, la passion noble, la vie morale, tout s'en va, tout décrépit.

Le champ mal cultivé laisse croître les ronces ou les fleurs inutiles. Dans les bas-fonds se forment les marais, d'où sortent les exhalaisons malsaines. Les reptiles naissent, se développent, et voilà de nouveau la civilisation qui recule devant la barbarie, jusqu'au moment où le danger commun provoque la défense parmi ceux qui ont survécu, et la réaction recommence, dépassant le but à son tour.

C'est l'histoire éternelle du monde !

Hourrah pour Rochefort !

Que la date de son élection devienne mémorable entre toutes !

Dix-huit mille Français, majeurs et sains d'esprit aux yeux de la loi, ont voté pour l'homme-fétiche. — Le coup a ricoché, et capricieusement. Le substantif Rochefort est un qualificatif à toutes sauces. Désormais Ledru-Rollin est une vieille baderne, et Carnot un eunuque ; Millières, un excellent entrepreneur de tombolas plébéiennes, et Gambetta et consorts, des banquistes.

Rochefort adjectif se range à la page des synonymes à la droite de vertueux, intègre, clairvoyant, incorruptible. Il y a un mot de plus à l'exergue des purs : Liberté, égalité, fraternité et Rochefort ! — Pourvu que cela dure ! mon Dieu ! Pourvu que cela dure !

Bien d'autres avant lui ont connu ce côté de la médaille. Mais tout le monde en connaît le revers. Aux heures néfastes, celui qui affronte la tribune jacobine expose son chef et son buste à la pomme cuite traditionnelle et à la torgnolle probable.

Vous niez la tradition, nains difformes de la démagogie, et vous n'êtes que les serviles plagiaires des géants de 93. — Ne pouvant encore mordre comme eux dans le bien d'autrui et massacrer vos adversaires, vous clabaudez dans vos repaires, et vous salissez des montagnes de papier de vos projets insensés.

Amants de l'égalité, vous apprenez chaque jour à vos lecteurs à faire des distinctions parmi les citoyens, et vous marquez à l'encre rouge des classes sociales tout entières, pour que, le jour venu, vos néophytes relèvent leurs manches et frappent sans horreur comme sans remords.

Il vous fallait un bélier, une première arme de guerre, un homme massue, vous avez pris un myrmidon.

Il est comte comme Mirabeau, caustique comme Camille Desmoulins, blafard comme l'Ami du peuple, mais il ne saura pas parler à M. de Dreux-Brézé, il ne cueillera pas la cocarde aux arbres du Palais-Royal, et son ambition ne va pas encore à souhaiter à Samson trois cent mille clients de plus.

Non ! nous qui ne sommes pas de l'avis de ces amants de la liberté faubourienne, nous sommes simplement de la police.

Nous ne fréquentons pas vos académies, car la fameuse patronne des iambes de Barbier y préside; mais rassurez-vous, nous ne vivons pas des sueurs de la plèbe. On en mourrait!

Un seul homme vous a compris, c'était Lobau.

Si l'on avait profité des leçons de ce grand homme, on aurait édifié à la place où s'élève aujourd'hui l'Opéra montagne, un immense et patriotique établissement d'hydrothérapie. — Les convulsions endémiques auxquelles vous êtes en proie ne résistent pas à un traitement rationnel, et comme il faut partout des irréconciliables, eh bien! Charenton aurait suffi pour eux.

La réputation ne vous a pas suffi, Rochefort? Il vous faut de la gloire. Il en est de plusieurs sortes. Quel sera donc votre modèle?

Parmi les héros d'un jour, parmi ceux qui briguèrent les faveurs de la multitude, l'histoire et la poésie ont particulièrement conservé les noms des Gracques et de Mazaniello.

Les Gracques voulaient le partage des terres, ils voulurent aussi l'égalité absolue dans la valeur des votes. Le petit peuple les idolâtrait; il les suivit même sur l'Aventin, mais ils ne surent pas l'y maintenir, et, le jour du péril, ils tombèrent seuls et furent traînés, l'un aux gémonies, l'autre dans les boues du Tibre.

Naples, la ville aux colères soudaines, adora Mazaniello... deux semaines; on sait le reste

A votre tour, idole de plâtre! La coupe est pleine,
il faut la boire coûte que coûte. Vous êtes sur l'es-
trade, montrez vos talents. Tâchez au moins, puisque
vous devez fatalement succomber, soit sous les coups
de l'ennemi commun, soit sous ceux de vos amis, de
tomber avec grâce.

Plus on vous a surfait, plus la honte sera grande, et
vous êtes si susceptible, Monsieur le comte!

On a dit : Il n'y a qu'un pas du sublime au ridicule.
Vous avez du moins l'assurance que vous ne le fran-
chirez pas. N'étant pas sorti de l'un, vous n'atteindrez
jamais l'autre.

PARIS. — IMPRIMERIE RENOU ET MAULDE, RUE DE RIVOLI, 144.   30176